AF498191

ÉPITRE

A MA CHAUMIÈRE

PRÉCÉDÉE D'UN PROLOGUE.

Hommage offert en 1852 à Son Excellence le Ministre
des Finances.

EXTRAIT DU PORTEFEUILLE D'UN AMATEUR.

MARSEILLE
IMPRIMERIE CIVILE ET MILITAIRE DE JOSEPH CLAPPIER,
Rue Saint-Ferréol, 27

1857

PROLOGUE.

Après de trop longs jours consacrés aux travaux
Qu'imposait à mes soins une ingrate carrière,
Jours semés de biens et de maux,
Je te revois enfin, ô ma chère chaumière !
Que de fois, accablé de peines, de soucis,
D'un injuste pouvoir éprouvant les caprices, (1)
Je regrettai ta paix et tes pures délices,
Doux trésors que ma lyre avait chantés jadis !
Il m'en souvient ; ces chants, timidement soumis
A l'indulgent arrêt d'un docte aréopage,
M'obtinrent, tu le sais, plus d'un flatteur suffrage ;
Mais le plus grand des prix qui furent mon partage,

(1) L'auteur fut destitué par la République en 1848, qui répara en partie
cette injustice en le nommant ailleurs.

Ce fut l'honneur de compter pour amis

Deux nobles cœurs bien chers à ma mémoire,

Tous les deux par la mort cruellement ravis,

L'un au sein des douleurs, l'autre au sein de la gloire.

C'était BUGEAUD, l'illustre laboureur,

Dont l'esprit de parti, stupide en sa fureur,

Condamnait au repos l'héroïque énergie ;

BUGEAUD ! qui de ses champs me montrant les trésors.

Qu'après d'incroyables efforts, (1)

Avait décuplés son génie,

Redevenait soldat et déplorant le sort

Qui le privait du droit de servir sa patrie,

Sur un vaste horizon m'ouvrait avec transport

Les secrets de la guerre et de la stratégie.

Oubliant tout-à-coup ses paisibles sillons,

Et devançant son avenir de gloire,

Il aimait à montrer comment ses bataillons

Sur tel point menacé fixeraient la victoire.

C'était DE CAST... au cœur noble et loyal, (2)

Sage administrateur et philosophe aimable,

Par la grâce et le ton, convive sans égal,

Ami des arts et causeur admirable,

(1) Mis à la retraite sous la restauration, il fit faire dans son pays de grands pas à l'agriculture, mais on ne peut se former une idée des efforts et des sacrifices qu'il fit pour vaincre la routine, l'ignorance et l'entêtement des paysans de ces contrées soumises en général au déplorable système de mégérie.

(2) Préfet du département de la Haute-Vienne en 1824. Mort à Paris en 1829. C'est à lui que Delille disait, après l'avoir entendu lire ses vers : « Vous êtes la meilleure édition de mes œuvres. »

Donnant de son esprit à ceux qu'il écoutait,

Et rendant plus brillants les auteurs qu'il lisait ;

Si bien que je ne dus qu'à son art de séduire ,

    Qu'au doux prestige de sa voix ,

L'insigne honneur d'attacher à ma lyre ,

En un jour solennel, trois palmes à la fois. (3)

Sur ce jour étonné de ma triple victoire ,

    Nobles amis , six lustres ont passés ,

Sans que mon cœur ému, siége de ma mémoire ,

Ait vu vos souvenirs un instant effacés.

Je les retrouve tous sous ton toit solitaire ,

Ma Chaumière ! J'y vois l'empreinte de leurs pas ,

L'esprit De Cast.... y répand sa lumière

Et je dois chaque jour à l'art de Phidias

Le plaisir de revoir la face douce et fière ,

Du héros dont la France a pleuré le trépas.

Et c'est au milieu d'eux , qu'assis sur la fougère ,

Sans maudire la main qui m'a fait ce loisir ,

Je veux à tes échos redire avec plaisir

    Ces chants heureux, puisqu'ils surent leur plaire.

---

(3) L'Académie de Limoges dans sa séance de 1824 décerna à l'auteur les trois prix de poésie. La pièce suivante, qui a subi quelques corrections est une des trois du même auteur qui furent couronnées.

EPITRE

A MA CHAUMIÈRE.

———

Plus on connaît le monde et plus on veut le fuir.

Vérité peu flatteuse et pourtant trop fidèle,

    Qu'une expérience cruelle

    Chaque jour nous fait mieux sentir.

    Dans l'âge où la raison n'oppose

    Aucun obstacle au doux besoin d'aimer,

Par ce monde brillant je me laissai charmer,

    Je voyais tout couleur de rose !

Aussi tout souriant à mes naïfs transports,

    J'étais heureux ; mais j'étais jeune alors !

    Aujourd'hui c'est toute autre chose.

La fille tardive du temps ,

Comme son père inexorable ,

A brisé d'une main froidement charitable

Le prisme mensonger qui séduisait mes sens.

Temps heureux d'une erreur et si douce et si chère ,

Qu'appelle en vain un impuissant regret,

Tu m'as fui pour jamais et le jour qui m'éclaire

Me montre , hélas ! le monde tel qu'il est.

Triste et bizarre assemblage

D'amis faux , d'égoïstes froids ,

De trompeuses beautés , au souriant visage ,

De fripons , plus ou moins adroits ,

D'envieux , d'intrigants. . . . Mais que vais-je te dire ?

Pourquoi ce fol emportement ?

Ma Chaumière , pardon ! Que sur ton seuil expire

Toute plainte inutile et tout ressentiment.

C'est à toi que je veux écrire

Séjour de bonheur et de paix.

Non , non , le fiel de la satire

N'ira pas de ma plume empoisonner les traits.

Ce n'est plus là le monde que j'aimais ,

Eh bien ! sous ton toit solitaire ,

Au sein d'un repos salutaire ,

Je veux l'oublier à jamais.

Ton enceinte, ce frais ombrage,

Où ma paresse trouve un trop facile vers,

Et cet enclos, ton modeste apanage,

Seront pour moi tout l'Univers.

Où trouverais-je ailleurs les biens que tu présentes ?

Ne vois-je pas près de moi réunis

Et de nombreux enfants et de nombreux amis ?

Ce sont mes livres et mes plantes.

Confidents de mes maux, témoins de mes plaisirs,

Ils consolent mon cœur, ils charment mes loisirs.

Quand la douleur, tribut de la faiblesse humaine,

Tribut, dont nul mortel n'est exempt ici bas,

Me courbera sous le poids de sa chaîne,

J'irai vers ces amis, je leur dirai ma peine,

Et ces amis ne s'éloigneront pas.

Si je veux de la bienfaisance

Savourer les douceurs, je vais, la bêche en main,

Des arbustes de mon jardin

Visiter la famille immense.

Ici, des plançons vigoureux

Sont assiégés par l'herbe parasite ;

Je vole à leurs secours et je chasse au plus vite

Ces perfides amis, ces voisins dangereux.

Plus loin, grâce à ma vigilance,

D'un tuteur l'active prudence

De leurs frères soutient les membres délicats.

Partout où s'arrêtent mes pas ,

Je prodigue mes soins à leur débile enfance ;

Ils me devront la beauté, l'abondance ,

Et ces enfants, du moins, ne seront pas ingrats.

Que dis-je , ingrats ! Pour eux ce mot est une offense.

Quand le Lion, de ses feux dévorants

Embrasera les champs de l'atmosphère ,

Je les verrai, ces généreux enfants ,

Formant de leurs cent bras un abri tutélaire ,

Me garantir de ses regards brûlants.

Et de l'hiver , aux cheveux blancs ,

Quand le souffle glacé dépouillera la terre

Des trésors de l'automne et des fleurs du printemps ,

On ne les verra pas dérober à leur père

D'un doux soleil les rayons bienfaisants.

O ma chaumière ! ici tout ce qui m'environne

Semble s'unir pour ma félicité :

Cet appétit , enfant de la santé ,

C'est ton air pur qui me le donne.

Ma table , j'en conviens, n'a jamais eu l'honneur

De plier sous le faix d'un brillant étalage ,

On n'y voit point ces vins , fruit d'un lointain rivage,

Ni tout ces mêts qu'invente un luxe empoisonneur ;

Des plus sains aliments elle offre l'assemblage ,

Les meilleurs fruits de mon jardin .

Et force flacons d'un vieux vin

Exempt au moins d'un impur alliage.

De temps en temps quelques amis joyeux

Viennent s'asseoir à ma modeste table ;

Évitant avec soin tout sujet sérieux

Et mieux encor, tout sujet irritable .

Nous rions , nous causons en pleine liberté :

Donnant la politique au diable :

Du calembourg , fût-il bien détestable ,

Nous préférons la bruyante gaîté

Qui nous entraîne tous par sa vive franchise :

Et sans nous occuper des querelles des rois

Ni des vœux insensés des partis aux abois ,

Chacun , d'une façon ou plus ou moins concise ,

Parle de ses amours ou conte ses exploits :

Du temps qui court nous frondons quelquefois

Et la folie et la sottise. .

Et bien souvent, le verre en main ,

Philosophe au dessert , tel convive s'avise

De gourmander ce pauvre genre humain ,

Qui n'en fait pas moins à sa guise.

Si je suis seul , alors , non moins heureux ,

Je vais , pour convive à ma table ,

Chercher l'homme le plus aimable

Chez nos auteurs les plus fameux.

Aujourd'hui c'est Molière , une autre fois Horace ,

Tantôt , c'est ou Catulle, ou Parny son rival.

    Notre moderne Juvenal

Parfois aussi daigne y prendre une place ;

Et de tout point , à mon gré , sans égal

    Fort souvent auprès de moi dîne

    Le tendre , l'élégant Racine.

Mais plus souvent encor , l'oracle du bon goût ,

    L'instructif , l'amusant Voltaire

    Toujours léger , toujours certain de plaire ,

    A ma table tient le haut bout.

    Sans craindre enfin que ce luxe ne fasse

    Trop large brèche au chiffre où m'a réduit

L'inexorable main qui signa ma disgrâce .

J'invite tour à tour dans cet humble réduit

    Tous les Matadors du Parnasse.

    Après notre frugal repas ,

    Qui jamais ne les incommode ,

Ensemble nous allons, fidèle à ma méthode .

Reposer sous l'ombrage et converser tout bas.

    Si par hasard l'un d'eux m'ennuie ,

    Chose possible au plus rare génié ,

Un geste me suffit , il ne dit plus un mot.

Que ne peut-on de même en mainte compagnie

    Condamner la bouche d'un sot !

Ainsi, grâce au travail, au repos, à l'étude,

    Libre d'esprit et sain de corps,

Je verrai s'écouler dans cette solitude

    Mes jours sans crainte et mes nuits sans remords.

Esclaves orgueilleux de l'aveugle Déesse

Dites-moi si le bruit, si l'or de vos palais

    Sont préférables à la paix

    Qu'ici je retrouve sans cesse ?

    Lorsque dans la plaine des airs,

      La foudre et les éclairs

    Sillonnent la voûte azurée,

Que me font leur fracas et leurs terribles coups ?

Sous ce modeste toit mon âme rassurée

    Des dieux ne craint pas le courroux,

    Tandis qu'une aiguille impuissante,

Ridicule gardien de vos vastes hôtels,

    Nuit et jour atteste aux mortels

    Votre orgueil et votre épouvante.

Que les sots éblouis tombent à vos genoux,

Brillants infortunés que le vulgaire envie,

En vain d'un faux éclat vous couvrez votre vie,

Je vous ai vus de près et j'ai pitié de vous.

Depuis que je connais votre illustre misère,

Ce qu'elle doit coûter de peines, de soupirs,

J'ai mis un frein à mes désirs,

Et content de mon sort, je reste en ma chaumière.

O ma chaumière ! si jamais

L'ambition et sa fatale escorte,

(Je ne te parle plus de l'enfant que j'aimais),

S'avisaient un beau jour de frapper à ta porte,

Fermons-la bien , fermons-la sans pitié ;

C'est en bannir et le trouble et la crainte.

N'admettons plus dans ton enceinte

Que les muses et l'amitié.

Elles seront ma seule compagnie ,

Et par elles, heureux en ce riant séjour ,

Sans tirer vanité de ma philosophie ,

Je finirai ce rêve hélas ! si court

Qu'on appelle la vie.

A MES AMIS

Qui vinrent dans ma Chaumière fêter
mon 80me Anniversaire.

Vous venez donc chanter et rire
Au plus modeste des banquets ?
Merci des fruits de votre lyre ,
Merci de vos joyeux bouquets.
Amis, vous ignorez peut-être
Quel fut l'objet de vos bontés ;
Or, je viens vous faire connaître
L'original que vous fêtez.

Quand sur les bords de la Garonne
J'arrivai dans ce monde-ci,
Une fée invisible et bonne
A l'oreille me dit ceci :
« Bambin qui viens sans cri, ni plainte,
» Vogue sur le fleuve des ans,
» Des flots ne prends souci ni crainte,
» Et tu navigueras longtemps.

Je lançai ma barque légère
Prenant pour guide les amours ;
Et quand le vent m'était contraire,
Ma gaîté volait au secours ;
Ainsi j'ai fait plus d'un voyage,
Poussé par l'aîle des zéphirs,
Cueillant de rivage en rivage
Moins de profits que de plaisirs.

Que pouvait m'offrir la fortune
Et la gloire qui m'appelait ?
Je voguais sans boussole aucune,
J'allais où le bon Dieu voulait ;
Bercé par ma douce incurie,
J'abandonnais ma voile au sort
Et cependant sans avarie,
Vous le voyez, je touche au port !

J'ai bien rencontré dans ma course
Des sots, des méchants obstinés :
Contr'eux, savez-vous ma ressource ?
Amis, je leur riais au nez.
L'un d'eux brutal par excellence
Voulut un jour couler mon bord,
Il sombra dans le gouffre immense
Et mon esquif navigue encor !

J'ai fait tout le bien que peut faire
Un être chétif comme moi ;
Des ennemis... c'est autre affaire,
Si j'en eus, j'ignore pourquoi...
Indifférent à toute offense
Je disais : « pourquoi m'affliger ?
Voguons toujours, la Providence
Prendra bien soin de me venger...»

J'aurai dans peu, selon **Barême**,
Traversé vingt fois quatre hivers
Qui ne m'ont fait ni froid, ni blême,
Et ne m'ont pas piqué des vers.
« Pourtant, il faut plier ta voile, »
Me dit tout bas certain barbon,
Moi je lui dis : « J'ai mon étoile,...
Voguons tant que le vent est bon. »

Quand on a bonne et tendre femme
Et des amis fort indulgens,
Santé du corps et paix de l'âme,
On peut vivre heureux et longtemps ;
D'après cela, Messieurs, j'espère
Que, pleins de vie et de gaîté,
A mon centième anniversaire,
Vous viendrez boire à ma santé.

Ainsi soit-il